Peter Radics

Die Freiherren von Grimschitz

Anatiposi

Peter Radics

Die Freiherren von Grimschitz

Unveränderter Nachdruck der Originalausgabe von 1871.

1. Auflage 2023 | ISBN: 978-3-38220-084-8

Anatiposi Verlag ist ein Imprint der Outlook Verlagsgesellschaft mbH.

Verlag: Outlook Verlag GmbH, Zeilweg 44, 60439 Frankfurt, Deutschland
Vertretungsberechtigt: E. Roepke, Zeilweg 44, 60439 Frankfurt, Deutschland
Druck: Books on Demand GmbH, In de Tarpen 42, 22848 Norderstedt, Deutschland

Die
Freiherren von Grimschitz.

Eine geschichtliche Studie.

Von

P. v. Radics.

Wien, 1871.

Commissions-Verlag von Mayer & Compagnie,

Singerstraße, deutsches Haus, Eckgewölbe.

CS 533
R3

Dem hochverehrten Brautpaare

Fräulein

Natalie Freiin von Grimschitz,

Herrn

Leopold Schulz von Straßnitzky,

Ministerial-Sekretär

im k. k. Ministerium für Cultus und Unterricht,

ergebenst

der Verfasser.

Wie schön bist Du! Hier sanft und milde glänzend
Wie eine Braut, die rings auf Blumen ruht,
Das Haupt mit Perl und Rose sich bekränzend
Und spiegelnd sich in reiner Quellenfluth!

Wie groß bist Du! Dort strahlst Du furchtbar prächtig
Ein ries'ger Recke nach ersiegter Schlacht,
Gewaltig, erzumpanzert, grimm und mächtig
Voll Schauer und voll Ernst und doch voll Pracht!

Diesen herrlichen Weihegruß sandte im Lenze seines Dichtens Anastasius Grün dem theuren Vaterlande Krain, dem merkwürdigen Ländchen, dessen oft und viel gepriesene Naturwunder schon Torquato Tasso besungen und das die Zeiten über so mancher „Weltumwanderer" den schönsten Ländern an die Seite gestellt.

Doch nicht allein die Werke der Natur sind es, vor denen Du hier stille stehen sollst, Dich „staunend zu ergötzen", nicht allein des „Triglav" eisig Haupt, das in steiler Höhe unnahbar fast zum Himmel ragt, nicht der „Savica" tosend Fall, durch Mythe und Nationalgeschichte gleich geheiligt, nicht der „wundervolle See", [1] auf dem „jetzt man fischt und gleich darauf die Rüden rennen", nicht jener stolze weite Grottenbau, wo seit Aeonen die geheime Kraft Steingebilde schafft, übersäet mit Milliarden von Krystallen, glitzernd und flimmernd, als wär's munterer Bergesgeister ewiger Hochzeitssaal; nicht dieß allein ist's, was Deinen Schritt

---

[1] Der Zirknitzsee in Innerkrain, unweit Adelsberg.

innehalten soll, wenn Du mitten auf der Brücke stehst, die die Natur auch hier wolweislich dem nach den Reizen des Südens mächtig begehrenden Norden geschlagen, von welcher Du schon den unvergleichlichen Himmel Italiens schauen kannst und an deren einem Pfeiler noch der Sohn der Alpen steht, die auf gefährlichem Steige erjagte Gemse über den Rücken geworfen, während Dich drüben Oliven- und Orangenhaine grüßen — nicht all' dieß allein ist's, was Dich zur Umschau mahnen soll in dem schönen Ländchen Krain!

Auch die Geschichte dieses Landes, die Geschichte dieses Volkes ist es, — beides bisher so wenig gekannt, so wenig gewürdigt — was insbesonders in unseren Tagen nicht ohne Beachtung bleiben sollte.

Seit den frühesten Zeiten, seit der große Kaiser Karl auf den Trümmern des alten Römerreiches ein neues Weltreich begründete und damit den Grundstein der weiteren Staatenbildungen in Europa legte, bis heute, immer waren Krain und die knapp anrainenden Gestade der „blauen Adria" von den Machthabern im Norden und im Süden gleich heiß umworben! Durch Jahrhunderte rangen die deutschen Kaiser mit dem „Löwen von San Marco" um den Besitz dieses Landes und die stolze Dogenstadt prunkend und schwelgend im üppigen Besitze immenser Schätze jedweder Kunst und der feinsten Genüsse des Lebens, das hochgebildete Venedig, verschmähte nicht die Bundesgenossenschaft mit dem „Barbaren aus dem Südosten", wenn es galt, das „geflügelte Wappen" dem fruchtreichen Wippachthal entlang bis an den Eingang zu den ergiebigen Quecksilbergruben von Idria zu tragen, oder aber sich die höchsten Masten für seine Seefahrer ungestört vom Karste zu holen!

Doch der wilde „Erbfeind der Christenheit", der Türke, und der schlaue Venetianer, sie wurden beide, so oft sie kamen, immer wieder heimgeschickt mit blutigen Häuptern vom

Volke Krains und von dessen heldenmüthigen Führern — der „krainischen Ritterschaft"!

Der Adel Krains, „redlich und mannhaft", hat er immerdar gestritten für die Rechte des Landes und für dessen Freiheit!

Ein strenger Kritiker, der ob seiner scharfen Zunge und spitzen Feder vielverfolgte Philologe des XVI. Jahrhunderts, Nicodemus Frischlin, der eben in jener Epoche der Türkenkämpfe der evangelischen Schule in Laibach längere Zeit als Rector vorgestanden, rühmt es vom krainischen Adel,[1] daß er bescheiden, nüchtern, verständig, daß selten Einer, der nicht seine drei oder vier Sprachen kann und etliche Züg' wider den Türken gethan!

Und nach mehr denn zwei Jahrhunderten zollte ein siegreicher Feind, der Stellvertreter eines neuen Herrschers, der französische Marschall Marmont, General-Gouverneur Illyriens während des französischen Interregnums (1809 bis 1813), die gleiche Anerkennung demselben Adel, den er, wie er in seinen Memoiren schreibt, entsprechend seiner Zahl, seinem Alter und Ansehen mit aller Auszeichnung behandelt hat.[2]

Wie aber Krains Adel und Volk — die „Ritterschaft" und das „Aufgebot des gemeinen Mannes" — in den Türkenstürmen stets auf den Vorposten und alle Augenblicke von „Visiten" der ungebetenen Gäste heimgesucht, ihr Banner selbst im ärgsten Gedränge nicht aus den Augen ließen, es hoch hielten und retteten, so gab es in diesen Tagen und früher und später auch bei uns stets Männer des Geistes — eingeborne und fremde — die um das

---

[1] Leben und Schriften des Dichters und Philologen Nicodemus Frischlin von Dav. Fr. Strauß p. 254.
[2] Memoiren III. p. 360.

Banner der Civilisation geschaart, für den Fortschritt wirkten und stritten, im Wissen und in der Kunst!

Eines der ältesten und angesehensten Adelsgeschlechter im Lande Krain, die eingebornen Herren und Freiherrn von Grimschitz haben nicht minder als andere Cavaliere unserer Heimat den edlen Wettkampf auf beiden Wahlstätten — im Kriege und im Frieden — mitgekämpft in höchsten Ehren und es glänzt ihr Name in gleicher Schöne neben den Namen der besten Kämpen: Auersperg, Hohenwart, Cazianer, Lamberg, Rauber und Thurn.

Ebenso prangt aber auch neben den heimatlichen Geistesheroen: Truber, Schönleben, Valvasor, Zois, Vodnik, Vega und Prešern der Name jenes in der Jugenderinnerung der jetzt zu Männern gereiften Zeitgenossen unvergeßlichen fremden Lehrers, des verewigten Gelehrten v. Schulz-Straßnicky, der vor mehreren Jahrzehnten am Laibacher Lyceum Mathematik und Astronomie gelehrt, [1] so unsere Jünglinge in jenes Reich des Wissens einführend, zu dem sich die Jugend unseres Volksstammes stets zumeist hingezogen fühlte, und der, wenn er jetzt ihren Blick an Zahl und Maß hienieden geheftet, im nächsten Augenblick ihren

---

[1] Ueber Schulz' Wirken in Laibach schreibt u. A. Schulrath Dr. Močnik: „Bedauerlich war der Zustand, in welchem damals (1829) das wissenschaftliche Leben an dem Laibacher Lyceum darnieder lag . . . . Da kam der geistvolle Schulz nach Laibach und mit ihm ein bis dahin nicht gekanntes Regen und Streben unter die studierende Jugend . . . . Schulz war der belebende Brennpunkt, um den sich alle Männer der Wissenschaft und Kunst schaarten. Alles suchte seine Freundschaft und seinen geistreich belehrenden Umgang." Er war innig befreundet mit dem genialen Uebersetzer Byrons, dem noch viel zu wenig gekannten Dichter Hilscher, und mit dem großen Linguisten, dem Bibliothekar Čop, der leider ein so tragisches Ende fand. (Professor Schulz von Straßnicky, als Gelehrter und Mensch. Wien 1862. p. 7 ff.)

Forschergeist von der Erde nach dem weiten Himmelsraume lenkte, unter derselben Devise, die einst die krainischen „Grenzhelden“ sterbend vor sich hingehaucht: Ad astra!

* * *

Die geschichtliche Studie, die ich auf den nachfolgenden Blättern über das Geschlecht der Herren und Freiherren von Grimschitz zur Darstellung bringe, macht durchaus keinen Anspruch auf Vollständigkeit, einmal stand mir von dem Entwurfe der Arbeit bis zur Drucklegung für Vor- und Ausarbeiten nur der kurze Zeitraum von zwei Monaten zu Gebote, dann war ich hier von den Hauptquellen, den Archiven und Bibliotheken Krains getrennt, nur auf meine, aus früherer Anwesenheit in der Heimat stammenden, wenn gleich nicht geringen Excerpte, sowie auf die wenigen in hiesigen Bibliotheken vorfindigen krainischen Geschichtswerke beschränkt. Kostbares, wenn gleich nur geringes, Materiale hingegen gewann ich im Haus-, Hof- und Staats-Archive und im k. k. Adels-Archive im Ministerium des Innern, für dessen freundlichst gestattete Benützung ich hier meinen geziemenden Dank sage.

Alter und Ansehen.

Nahezu ein Jahrtausend beträgt das Alter der im Lande Krain hochberühmten adeligen Familie Grimschitz und es zählt dieselbe zu den wenigen noch lebenden eingebornen Adelsgeschlechtern dieses Landes!

Der krainische Historiograph Johann Ludwig Schönleben,[1] der in der zweiten Hälfte des XVII. Jahrhunderts lebte und schrieb, hat den ihm befreundeten Herren Georg Karl und Georg Adam von Grimschitz, aus Manuscripten

---

[1] Siehe über die Lebensverhältnisse und die Schriften Schönleben's meinen Aufsatz: Eine krainische Gelehrtenfamilie. Blätter aus Krain 1863. Nr. 46 ff.

der Familie, der Stadt Laibach und der krainischen Land
schaft, sowie aus Chroniken genealogische Notizen über ihre
Vorfahren zusammengestellt, welche hochinteressante bisher
unbekannte Handschrift meines berühmten Landsmannes
das k. k. Adelsarchiv im Ministerium des Innern bewahrt.

Schönleben beginnt die Reihe der Herren von
Grimschitz mit dem Ritter Otto von Grimschitz
um 937.

Von diesem Otto von Grimschitz an führt der genannte
Genealog die Herren von Grimschitz bis auf die im Jahre
1701 in den Freiherrnstand erhobenen Herren Georg Adam
und Georg Karl; er kennt in dem Zeitraum von 764
Jahren 31 Herren von Grimschitz, wobei viermal je zwei
und einmal drei Brüder genannt erscheinen.

Sowohl in dieser Reihe Schönleben's, sowie in der
Fortsetzung derselben im XVIII. und XIX. Jahrhundert
finden sich Männer von hervorragender Bedeutung auf den
verschiedenen Gebieten des öffentlichen Lebens unserer Heimat.
Wir sehen den einen und den andern Herrn von Grimschitz
in den höchsten Aemtern der Landschaft, als Landeshauptmann (— was bisher nicht bekannt war, der erste nach-
weisbare Landeshauptmann von Krain war ein Herr von
Grimschitz, —) als Landesverweser und als General
des Grenzheeres, ein Herr von Grimschitz hat, wie eben
Schönleben nachweist, die Würde eines Obersthofmeisters
im (krainischen) Hofstaate König Ottokars von Böhmen bekleidet, mehrere Herren von Grimschitz glänzten durch
Gelehrsamkeit und als Förderer von Kunst und Wissenschaft,
andere leisteten in der Folgezeit dem österreichischen Kaiser-
staate wichtige Dienste in hohen Staatsstellen; — von all'
dem spreche ich später ausführlicher.

Die eminente Stellung im Lande, welche das Geschlecht
stets einnahm, macht es auch erklärlich, daß wir, bei den

Familien Umschau haltend, in welche im Laufe der Zeiten die Herren von Grimschitz als Eidame eintraten, fast durchwegs ersten Namen heimatlicher und fremder Adelsgeschlechter begegnen.

Den Reigen eröffnet eines Herzogs von Kärnten, Herzog Heinrichs Tochter, eine verwitwete Scheyer (Schayrer), um das Jahr 1000, um welche Zeit Krain die Mark des Herzogs von Kärnten war;[1] dann folgt um 1245 ein Ritterfräulein aus dem hochberühmten kärntischen Geschlechte der Schenk von Osterwitz; um 1257 eine Gräfin von Heunburg, — Schönleben gibt keinen Taufnamen an — deren Vater, Ulrich Graf von Heunburg, Landeshauptmann von Krain war; um 1464 eine Gräfin von Ortenburg,[2] welches Haus bekanntlich fürstliches Ansehen genoß, und dessen reiches Erbe in Kärnten, Krain und Steiermark an die Grafen von Cilli überging.

Wir begegnen weiters in älterer Zeit Damen aus den Geschlechtern Coronini, Formentini, Harrach, Khünburg, Lamberg, Liechtenstein, (diese um 1340, wahrscheinlich eine Tochter des krainischen Landeshauptmanns Rudolf von Liechtenstein,)[3] Paradeiser, Pilstein, Thonhausen, Trautmannsdorff. Auch eine Eng-

---

[1] Klun, Archiv für Landesgeschichte von Krain, 2. und 3. Heft p. 13.

[2] Schönleben aus einem Manuscripte der krainischen Landschaft. — Tangl (Die Grafen von Heunburg. Archiv für Kunde österreichischer Geschichtsquellen, herausgegeben von der kaiserlichen Akademie der Wissenschaften XXV. p. 261), kennt drei Töchter aus der 1270 geschlossenen Ehe des Grafen Ulrich von Heunburg mit der Witwe Herzog Ulrichs von Kärnten, einer Tochter des Markgrafen von Baden und der babenbergischen Herzogin Gertrude; doch keine von diesen Dreien hatte einen Herrn von Grimschitz zum Gemal. Es muß daher angenommen werden, daß die hier gemeinte Tochter des Grafen Ulrich aus einer andern bisher unbekannten Verbindung desselben stammt.

[3] Valvasor Ehre des Herz. Krain III. (IX.) p. 17.

länderin (Elisabetha Corsona Anglica) findet sich am Beginne des XVII. Jahrhunderts in dieser Reihe.

Von krainischen Edelfräuleins, die sich mit Söhnen des Hauses Grimschitz verbündet haben, sind wir namentlich anzuführen nur im Stande: die Fräuleins von Ainödt, Cazianer, Egg, Kreyg, Rauber (um 1099) und Sigerstorff.

Bei vielen der von ihm angeführten Stammesherren von Grimschitz mußte schon Schönleben wegen mangelnder Daten schreiben: „Ehe-Consortin unbekannt!"

Besonders gilt das von der ältesten Zeit.

Ist aber Schönleben's „Fragmentum", wie er seine Aufzeichnungen bescheidentlich selbst nennt, im Beginne lückenhaft in Bezug auf Genealogie, so entschädigt es uns an selber Stelle doch reichlich durch die bereits angedeuteten historischen Daten: daß ein Herr von Grimschitz, Landeshauptmann von Krain, ein anderer Ottokars von Böhmen oberster Hofmeister (in Krain) gewesen.

Der erste Landeshauptmann in Krain und der Oberst-hofmeister König Ottokars.

Sämmtliche Geschichtschreiber Krains führten bisher als ersten Landeshauptmann von Krain — in welcher Stelle sich die gesammte Selbstverwaltung des Landes concentrirte und der, so lange die Landschaft autonom war, unmittelbar deren Interessen bei dem jeweiligen Herrscher vertrat, — einen gewissen Rudelin von Birnbaum auf; die einen setzen den Beginn von dessen Hauptmannschaft in das Jahr 1251,[1] andere um das Jahr 1256, noch andere erst um 1261.[2]

---

[1] Siehe meinen Herbard VIII. von Auersperg. Wien, Braumüller 1862. p. 143 Anm. 92.

[2] S Kozina: Blätter aus Krain 1863. p. 144.

Schönleben's Aufzeichnung aus einer alten Handschrift und aus genealogischen Notaten der Familie Grimschitz selbst bringt uns aber einen noch früheren Landeshauptmann. Er schreibt: „Alexander der anderte von Grimschitz, Landeshauptmann in Krain a 1245." (Alexander II. von Grimschitz war ein Sohn des Peter von Grimschitz, welcher um 1184 lebte.) — Alexander von Grimschitz hatte nach dem angegebenen Jahresdatum also die Landeshauptmannschaft um die Zeit inne, als Herzog Friedrich von Oesterreich — der sich dann auch Herr von Krain (dominus Carnioliae) nannte — vom Kaiser Friedrich die „Mark Krain" und zugleich das Privilegium erhalten hatte, das Land zu einem Herzogthume zu erheben, welch' letzteren Vorrechtes er sich jedoch nie bediente. [1]) Nach Herzog Friedrichs von Oesterreich Tode zog Herzog Ulrich III. von Kärnten die Herrschaft in Krain an sich, betrachtete sich als selbstständigen Herrn von Krain, und mußte bald die weltliche Macht, die der Patriarch von Aquileja bis nun im Lande Krain inne gehabt und in die schon Bernhard von Kärnten Eingriffe gemacht, [2]) vollends zu beseitigen. Nachdem Herzog Ulrich es dahin gebracht, daß sein Bruder Philipp zum Patriarchen von Aquileja gewählt worden war, setzte er vor seinem 1269 (27. October) erfolgten Tode zum Erben seiner Allode und Lehen, sowie der Oberherrlichkeit in Krain, Istrien, am Karste und Kärnten den König Ottokar von Böhmen ein, [3]) der im Vereine mit seiner Gemalin schon 1254 (Wien 31. März) einige Edle

---

[1]) (Bodnik) Geschichte des Herzogthums Krain u. s. w. Wien 1820. p. 32.

[2]) Mitth. d. hist. V. f. Kr. 1855. p. 86.

[3]) Das Testament ddo. 4. December 1268 bei de Rubeis Monum. ecc. Aquil. c. 75. 76.

Krains seiner besonderen Gewogenheit versichert hatte. [1] Sofort nach Herzogs Ulrichs Tode sandte König Ottokar den Bischof Bruno von Olmütz zur Besitznahme von Kärnten und Krain ab, welcher jedoch nur zwei Schlösser, die sich freiwillig ergaben, erhalten konnte, das Uebrige besetzte Philipp, der Bruder Ulrichs. [2]

Im nächstfolgenden Jahre (1270) zog König Ottokar selbst mit einem Heere gegen den inzwischen abgesetzten Patriarchen von Aquileja, den Herzog Philipp, in die südlichen Provinzen zu Felde, eroberte Laibach nach dreitägiger Belagerung mit Sturm und bezwang die Vesten Landstraß und Stein. Die übrigen Orte ergaben sich freiwillig. Da Abgeordnete der Stände von Kärnten-Krain Unterwerfung anboten und um Schonung baten, so schloß Ottokar Frieden mit Philipp, gegen dem, daß Letzterer auf Kärnten und Krain gänzlich verzichte. Von Krain zog Ottokar nach Kärnten, wo er nach altem Herkommen auf dem Herzogstuhle eingesetzt wurde und die Huldigung der Stände annahm. [3]

In den neu erworbenen Ländern Kärnten-Krain setzte Ottokar einen königlichen General-Capitän ein, und erscheint als solcher 1270—1273 Herr Ulrich von Dürnholz, und von 1273—1276 Herr Ulrich Schenk von Habsbach. [4] Außerdem hatte Ottokar wie in Böhmen, Oesterreich und Steier, auch in Kärnten-Krain seine königlichen Würdenträger, Oberst- und Unterkämmerer, Marschälle, Truchsesse, Mundschenken und Andere. [5] Als Obersten Hofmeister in Krain (um 1273) nennt nun Schönleben „nach einer böhmischen Chronik" Herrn Valentin von Grimschitz, einen

---

[1] Mitth. d. hist. B. f. Kr. 1849. p. 68. (f.)
[2] Klun Archiv l. c. p. 37.
[3] Palacky, Geschichte von Böhmen II. 1. 214.
[4] Palacky l. c. p. 208.
[5] Palacky l. c. ibidem.

Sohn des Philipp von Grimschitz und einer Gräfin von Heunburg, wie schon erwähnt, einer Tochter des Grafen Ulrich von Heunburg, Landeshauptmannes von Krain [1] und von Kärnten. [2] — Im Frieden zwischen König Ottokar und König Stephan von Ungarn (1271) ward Krain der Krone Böhmen zugesprochen. [3] Herzog Philipp von Kärnten nahm es aber auf die Dauer mit der gegebenen Verzichtleistung nicht strenge; er reiste 1274 nach Rottenburg und nahm Kärnten und Krain von Rudolf von Habsburg zu Lehen, der sohin den Ständen von Krain wiederholt diese Belehnung mittheilen und schließlich befehlen mußte, dem Herzog Philipp Gehorsam und Treue zu leisten. (1276 27. September.) [4]

Zwei Monate später (21. November 1276) schloß der vom Kaiser Rudolf dem König Ottokar, wegen der vom Letzteren verweigerten Herausgabe von Oesterreich, Steier, Kärnten und Krain erklärte Reichskrieg mit dem Verzichte Ottokars auf die genannten Länder. [5] Eine Stelle in dem Freiherrn-Diplome der Familie Grimschitz vindicirt dem genannten Obersten Hofmeister König Ottokars Herrn Valentin von Grimschitz das Verdienst, daß „als Weyl. Rudolphus glorwürdigsten Angedenkens zum römischen Kaiser erwählet worden, auch zwischen beiden Häuptern (Rudolf und Ottokar) grosser Krieg entstanden Er Valentinus von Grimbschiz sich in's Mittel gelegt und soviel zu Wege gerichtet, daß durch seine interposition die zwischen

---

[1] Nach Schönleben's MS. und nach Valvasor l. c. III. (IX.) p. 16.

[2] 1269 bis Ende 1270 Tangl l. c. 2. Abth. p. 19. Herr Kozina meint a. a. O. Ulrich könne nur als Gegenlandeshauptmann gegen Rudelin von Birnbaum, der auf Philipps von Kärnten Seite stand, aufgefaßt werden.

[3] Klun l. c. p. 38.

[4] Klun l. c. p. 39 und 40.

[5] Böhmer's Regesten S. 80.

beiden Kronen geschwebten Differenzen beigelegt und in einen erwünschten Friedensstand verwechselt worden". Soweit die Quellen über diesen Friedensschluß im Feldlager vor Wien bisher bekannt sind, läßt sich urkundlich diese Angabe nicht erhärten. [1)

Das Wachsen der Hausmacht.

Des Herrn Valentin von Grimschitz Sohn Heinrich von Grimschitz ehelichte (1307) im Schloß Ainöd [2)] ein Fräulein von Ainöd [3)] und führte nach dieser Verheiratung den Titel eines „Herrn zu Ainöd". [4)] — Sein Sohn Herr Paul von Grimschitz ahmte dem Vater in der Vermehrung der Hausmacht nach; derselbe wird als Herr in Schönstein und Portendorff genannt. [5)]

Des Herrn Paul von Grimschitz Sohn Nicolaus von Grimschitz erscheint in zwei Urkunden im geheimen Haus-, Hof- und Staats-Archive. In der ersten ddo. Chellerberg am nächsten Suntag vor unsers Herrn Auffahrt (2. Mai) 1371 bekennt Graf Otto von Ortenburg, daß er zwei in dem Dorfe zu „Graetschach und Lanschron" gelegene Güter, die ihm „Nikkel Grimschitzer" „aufgegeben" Rüpplein dem Chreutzer Bürger zu Villach als

---

[1)] Palacky, der in einem freundlichen Schreiben an den Verfasser zugibt, daß die Würde eines Obersthofmeisters in Krain unter König Ottokar ein Herr von Grimschitz bekleidet habe, zweifelt jedoch an dessen hervorragendem Antheile an den historischen Ereignissen seiner Zeit; „denn die Hauptpersonen, welche im Drama jener Zeit mitspielten, seien ja sonst nicht unbekannt".

[2)] Ein prachtvolles Schloß in Unterkrain, jetzt Se. Durchlaucht dem Fürsten Carlos Auersperg gehörig.

[3)] Valvasor l. c III. (XI.) p. 12.

[4)] Schönleben l. c.

[5)] Schönleben l. c.

Lehen verliehen habe. [1] — In der zweiten Urkunde (ohne Angabe des Ortes) „am Freitag vor St. Michaelstag" (25. September) 1375 bekennt „Nickel der Grimschizer", daß Albrecht Bischof von Trient, Graf zu Ortenburg und Friedrich Graf zu Ortenburg ihm und seinen Erben den Hof zu „Grimschiz", der von Enderlein dem Hofer kauft ist, [2] gegeben haben mit allem Zugehör. „Also beschaidentlich, — heißt es in der Urkunde wörtlich — daß ich meinen vorgenannten Herrn daselbs cze Grimpschiz dienstleich sitzen sol, vnd sol in warten mit einem Stuch wan si oder ir Geschäft von iren wegen mich dartzu vordern." [3]

Des Herrn Nikolaus von Grimschitz Schwägerin, seines Bruders Peter Gemalin, Kathrey des Zeber sel. Tochter von Igg erhielt (1386) für sich und ihre Söhne und Töchter vom Grafen Friedrich von Ortenburg fünfthalb Huben „zum Chreutz" „an der March gelegen", eine Mühle an der „Nerein", ein „Bergrecht" „das zu den Huben im Chreutz gehört" und eine Hube zu Schates (Cadež) zu Lehen. [4]

Im Jahre 1393 erscheint Herr Franz von Grimschitz im Besitze des in unmittelbarer Nähe von Laibach an dem

---

[1] Orig. Perg. ein anhängendes Siegel (wohlerhalten) das Ortenburgische Wappen mit der Umschrift: † S. Comit'. Ott'. D. Ortenb'. †

[2] Geheimes Haus-, Hof- und Staats-Archiv. Anderl vom Hof und dessen Hausfrau und Erben bekennen, daß sie den Grafen Otto und Friedrich von Ortenburg ihren Brüdern und Erben einen Hof zu Grimschiz und zwei Wiesen im Anger zu Vaels (Veldes) und auf dem Pölan um 36 Mark Aquilejer Pfennige verkauft haben. Orig. Perg. drei anhängende Siegel (wohlerhalten) Aenderleins, Herrn Geyselhers Poschen und Weydleins Vaelik.

[3] Orig. Perg. zwei anhängende Siegel (wohlerhalten) sein N. Grimschizer's und Geyselhers von Stein ze Zeiten Purkgraf ze Waldenberch.

[4] Geheimes Haus-, Hof- und Staats-Archiv. Orig. Perg. s. l. 1386 Freitag nach dem hl. Auffahrtstag (1. Juni) die angemeldeten Siegel (Ulrichs Gutnawer und Jörgen von Palik) fehlen.

Laibachfluſſe romantiſch gelegenen Schloſſes Kaltenbrunn, das in ſeiner jetzigen Gestalt ein nachheriger Beſitzer Herr Veit Khisl (im XVI. Jahrhundert) erbaute, wie dieß heute noch deutſche Reime auf einer Gedenktafel ober dem Hauptthore beſagen. Nach der Familie Khisl kam die Geſellſchaft Jeſu in den Beſitz von Kaltenbrunn, jetzt gehört dasſelbe dem bekannten Großinduſtriellen Herrn Fidelis Terpinc.

Unter Kaiser Friedrich III.

Ein Enkel des Herrn Franz von Grimſchitz, Herr Hans von Grimſchitz (der vermält war mit einer Gräfin von Ortenburg),[1] zog 1446 mit dem Adel von Krain in dem großen „Aufgebote und Aufzuge", den Kaiser Friedrich III. gegen die Ungarn aus Steiermark, Kärnten und Krain nach Fürſtenfeld und Radkersburg angeordnet hatte, nach der letztgenannten Stadt. Der Aufruf lautete dahin: Es ſollten 1) die Grafen, Ritter und Knechte, wo möglich in eigener Perſon mit ihren Dienern zu Roß erſcheinen; 2) die Länder als ſolche je den zehnten waffenfähigen Mann (Bauern) wohl bewehrt ſtellen; 3) von den „aufgebotenen" Bauern ſollten je 20 einen gut gerichteten Deichſelwagen und darauf 2 Hacken, 2 Schaufeln, 2 Hauen, 1 Krampe und eine ſtarke eiſerne zwei Klafter lange Kette mitführen; 4) die Biſchöfe, Prälaten, Aebte und Aebtiſſinen ſollten „gerüſtete Pferde" geben und ebenfalls den zehnten Bauersmann ſtellen und 5) alle Städte und Märkte gleichfalls ihre Mannen zu Roß und zu Fuß in's Feld ſenden.[2] „Und es erſchienen" — wie der Chroniſt ſchreibt — „ſo Herren und Ritter waren faſt alle in eigener Perſon mit je einen, zwei, drei, vier, fünf, etliche auch wohl mit mehr,

---

[1] Schönleben l. c.
[2] Valvaſor l. c. IV. (XV.) 343 ff.

doch alle mit lauter kriegserfahrenen und wohlversuchten wehrhaften Dienern." Aus Steiermark 34 Prälaten, 4 Grafen — 2 Grafen von Cilli und 2 Grafen von Montfort — 11 Herren und Freiherrn und 236 Ritter und Knechte, aus Kärnten 19 Prälaten, 2 Herren und 96 Ritter und Knechte, aus Krain endlich 7 Prälaten, 3 Herren und 145 Ritter und Knechte. In der Reihe der Ritter, welche vier Auersperge eröffnen, erscheint auch Herr Hans Grimschitzer.

Daß dieser „Aufzug" gegen die Ungarn gerichtet war, die zur selben Zeit den Johann Hunyady, den „Vojvoden Janko", wie das südslavische Volkslied ihn nennt, zum Regenten erwählt hatten, geht aus Friedrichs Begleitschreiben des Aufrufes an den Bischof von Gurk in Kärnten hervor, worin ausgesprochen wird, daß der „Anschlag" „solcher Handlungen und Geschäftswegen" geschehen sei, „so sich jetzt in dem Land von den Ungarn begeben und ergangen".

„Es sei eine Lust gewest" — schreibt Valvasor nach einer ältern Aufzeichnung des Wilhelm Schertz, — „diesen wolmundirten Feldzug zu sehen", auch haben sich die „Aufgerufenen" mannhaft und ritterlich gehalten.[1]

Stand ja doch die Ritterschaft und das ganze Volk der drei Lande, Steiermark, Kärnten und Krain seit dem Jahre 1396, in welchem die Osmanen das erste Mal in den Gebieten zwischen der Save und Drave erschienen waren, auf permanentem Kriegsfuße, denn in größeren oder kleineren Zwischenräumen fiel von da an der „Erbfeind der Christenheit" in unsere Länder, um durch sie hindurch auf immer größeren Umwegen ihr eigentliches Ziel: Wien und Deutschland zu erreichen.[2]

----

[1] Valvasor l. c. ibidem.

[2] S. meinen Aufsatz: Die Einfälle der Osmanen in Steiermark, Kärnten und Krain . . . . Oest. militär. Zeitsch. v. Streffleur. 1864. 2. Bd.

Den glänzendsten und einen selbstständigen Antheil nahm aber das Land Krain an diesen langjährigen
blutigen Türkenkriegen.

Die Aufzeichnungen der krainischen Landschaft zeigen
es, wie Krain allein vom Anbeginn der osmanischen Einfälle bis auf das Jahr 1597 achthalb Millionen in
Gold aufgewendet, wie denn auch dadurch gar viele adelige
Familien ihre anererbten uralten Stammgüter und ihr ganzes
Vermögen eingebüßt, außerdem, daß viele derselben ihr Blut
und Leben gegen den Erbfeind verloren. Neben der Landschaft wurde der Erzherzog, der Kaiser und das deutsche
Reich, ja bei gar großen Türkengefahren die ganze Christenheit durch den heiligen Vater um Hülfe angegangen. [1] Im
„Reiche“, sowie beim Erzherzog waren die im XVI. Jahrhunderte so hoch gegangenen Wellen der Religionsstreitigkeiten
oft und oft der Hemmschuh raschen und ausgiebigen Bei-
steuerns. Da wurde auf den Landtagen und Reichstagen her-
umgestritten, und die Gewährung der einen Forderung von
der der anderen abhängig gemacht; die Regenten verlangten
persönlich oder durch ihre Commissäre Beiträge für die
Grenze, die Adeligen und Reichsfürsten brachten immer wieder
die „Religionsfreiheit“ vor die Versammlung. Hätte da die
krainische Landschaft nicht im eigenen Interesse die Grenze mit
ihrer immer bereiten Mannschaft gehütet, und auf eigene Kosten
ihren persönlichen „Zuzug“ geleistet, es wäre manchmal den
benachbarten Landen, ja Oesterreich und Deutschland schlecht
ergangen! Dadurch, daß Krains Adel die Christenheit vor dem
Erbfeinde beschützte, hat er zugleich das eigene Land vor dem
Joch der Moslim gewahrt, und die Civilisation der kommenden
Jahrhunderte gerettet!

---

[1] Im Jahre 1454 predigte auch der berühmte Barfüßermönch
J. Capistran in der Pfarrkirche zu Laibach wegen der Türkengefahr.
Klun l. c, 2. 3. p. 229.

Unter den vielen hervorragenden Führern unseres Volkes gegen den „Erbfeind" finden wir auch den Herrn Wolfgang Sigismund von Grimschitz, einen Sohn des Herrn Hanns von Grimschitz, 1464 als „General der Armee Friedrich des III." [1]

Und trotz der kräftigen Abwehr, die vom Lande Krain stets gegen den Türken geleistet wurde, schwärmten die Paschas mit ihren Horden mordend und sengend oft bis an die Hauptstadt, das „weiße Laibach", und auch weiter hinauf nach dem herrlichen Oberlande, dabei feste Städte und offene Märkte, Schlösser des Adels und geistliche Häuser verwüstend. Viele von den damals zahlreichen Klöstern des Landes empfanden wiederholt das Anstürmen der „Christenwürger", so auch das im Jahre 1238 von den Herrn von Stein und dem Abten Albert von Oberburg gegründete Frauenkloster Michelstätten bei Stein [2] am Fuße der Alpen. Im Jahre 1471 ward das schöne Stift ganz zerstört. [3] Zwei Jahre später fiel dem Hause nach dem Aussterben der Herrn von Stein das oberhalb des Klosters gelegene Schloß derselben zu, welches nun den Schwestern als Zufluchtsort bei Einfällen der Türken diente und von da an „Frauenstein" genannt wurde. [4] Die Vorsteherinen dieses Klosters hießen vom Anfange Priorinen und behielten diesen Titel auch bis zu der unter Kaiser Josef II. (1782) erfolgten Auflösung.

---

[1] Schönleben l. c.

[2] Es waren Dominikanerinen, „Schwestern, welche die Regel des hl. Augustin bekennen, an die Regel des hl. Benedict sich halten und die Fasten des hl. Benedict beobachten." — Die ersten Schwestern kamen aus Wien. Stiftungsurkunde abged. Mitth. d. h. V. f. Kr. 1854. p. 76 ff.

[3] S. meinen Aufsatz: Einfälle der Osmanen u. s. w. l. c. (nach einem MS. d. l. Hofbibliothek zu München).

[4] Valvasor l. c. III. (XI.) 365—68.

Unter den Jahren 1480—1483 nennt Valvasor [1] als Priorin von Michelstätten Susanna von Grimschitz, während deren Amtsführung das Stift abermals harte Prüfungen durch die Türkengefahr zu bestehen hatte, denn 1480 unternahm der „Türke" einen großen Zug durch Krain nach Kärnten und wieder auf demselben Wege zurück; desgleichen kam er 1482 und 1483 in diese Gegenden. [2]

Der Landesverweser Johann Max von Grimschitz.

Mitten in die Tage der heißesten Kämpfe mit den Osmanen trat Kaiser Max mit seinen Reformen auf politischem und juridischem Gebiete; hier fassen wir nur Letztere in's Auge, da nur diese zu unserem Thema in direktem Bezuge stehen.

Zwar hatte schon mit der Herrschaft der Karolinger in Krain die fränkische Gerichtsverfassung mit ihren Grafen- und Hofgerichten Eingang gefunden, doch hatten sich nebenher noch immer die nationalen slavischen Zupan-Gerichte (die stara pravda = alte Gerechtigkeit) erhalten, in denen der Zupan (Ortsältester) mit seinen Beisitzern über einen Fall entschied, wobei die Stimmen mittelst Einschnitten auf Holzstäben abgegeben wurden.

Diese Zupangerichte hob nun Kaiser Max 1494 auf [3] und wies die Parteien an die „Landschranne" (Landschaft) in Laibach, in ältester Zeit Hofthaiding genannt. Es war dieß bekanntlich das Gericht, „vor welchem die Herrn und Landleute (Landstände) um ihr Erb und Eigen Gilt oder Lehen oder welcherlei es sei, zu Recht stehen und sich verantworten mußten", oder nach einer Definition des Landschrannen-Prokurators Burkhard von Hitzing: „Summum Tribunal Pro-

---

[1] l. c. ibidem.

[2] S. meinen Aufsatz: Einfälle der Osmanen u. s. w. l. c. ibid.

[3] (Vodnik) Geschichte von Krain u. s. w. p. 39.

vinciae, in quo Causae Provincialium petitorio et possessorio judicio ventilantur". [1]

Das Landschrannengericht begriff eine doppelte Instanz in sich, die Land- und die Hofrechte. Unter dem Landrechte verstand man die Statuten, Freiheiten und Satzungen des Landes, insoweit sie in der Landhandfeste oder anderen Urkunden enthalten waren und im engeren Sinne alle die Herren und Landleute betreffenden Klagen, ausgenommen „Gewalt" und „Entwehrungen", nämlich Störungen des Besitzes, welche letzteren in das Hofrecht gehörten. Gegenstand des Landrechtes waren daher Erbfälle, Testamente, Legate, Fideicommisse, Inventur bei Nachlässen der Herren und Landleute, Vormundschafts- (Gerhabs) Sachen, Crida und Edictalverhandlungen, Injurien und Ehrensachen, Lehensachen u. dgl. Ausgenommen vom Schrannengerichte waren die Verbrechen, welche durch den Landeshauptmann oder Landesverwalter und die Herren und Landleute abgeurtheilt wurden, meist ohne Advokaten, oft auch ohne Kläger, ex officio, und zwar „summarissime". Beschwerden der Unterthanen gegen ihre Obrigkeiten wurden von der landeshauptmannschaftlichen Stelle entschieden.

Das Personale des Landschrannengerichtes bestand aus dem Landeshauptmann als Vorsitzenden, den Beisitzern, dem Landschrannenschreiber, den Schrannenadvokaten und dem „Weisboten" (Gerichtsvollzieher). Der Landeshauptmann hatte das Recht die Land- und Hofrechte nach Belieben zu „besitzen", d. h. sie einzuberufen und ihnen zu präsidiren oder das Präsidium seinem Stellvertreter zu überlassen. In den Hofrechten vertrat den Landeshauptmann der Landesverwalter, in den Landrechten der Landesverweser.

---

[1] A. Dimitz über das Landschrannengericht in Laibach. Verh. u. Mitth. d. jurist. Gesellsch. in Laibach. II. Bd. p. 233 ff.

In diesem Amte eines Landesverwesers in Krain[1]) treffen wir und zwar als 33. in der Reihe auch einen Herrn von Grimschitz; es bekleidete dasselbe nämlich Herr Johann Maximilian von Grimschitz im Jahre 1500.[2])

Das Landschrannengericht tagte im Landhause und zwar in der Landstube, wo auch die Landtage gehalten wurden. Am oberen Ende einer viereckigen Tafel hatte der Landeshauptmann seinen Sitz, welcher leer blieb, wenn er nicht selbst präsidirte; der Landesverweser nahm seinen Platz an der rechten Seite, wo im Landtage die infulirten Prälaten zu sitzen pflegten; auf den Bänken — der Grafen- und der Ritterbank — saßen die Beisitzer; außer der Schranne die geschworenen Advokaten. So lange das Gericht dauerte, mußte der Vorsitzende den Gerichtsstab, das Symbol seiner Gewalt, in den Händen empor („schwebend") halten, sobald er ihn aus der Hand legte, war das Gericht aufgehoben; bevor er ihn aufhob, durfte das Landrecht nicht beginnen. In frühesten Zeiten wurden die Hofthaidinge jährlich 6—7 Mal gehalten und jedesmal in wenig Tagen „ausgesessen"; später, da die Rechtssachen sich häuften nur mehr zwei bis drei Mal des Jahres und eine Session dauerte oft mehrere Monate.

Die Parteien mußten am Sonntag vor dem Beginne der Gerichtssitzung (diese fand regelmäßig an einem Montage statt), in Laibach ankommen und am Tage darauf zur Winterszeit um 7 Uhr, zur Sommerszeit um 6 Uhr Vormittags auf dem Landhaus erscheinen. — Vor Alters pflegte man die Beisitzer (12—16) im Beginne des Hof-

---

[1]) Praetor Provinciae, oberster Landrichter oder Landvogt. (Valvasor l. c. III. (IX.) p. 71.)

[2]) Valvasor l. c. p. 74. (1498 war es Herr Georg von Egg — 1512 Herr Paul von Rasp.)

thaidings zu wählen, da sie aber in der Folgezeit häufig von den Sitzungen wegblieben, brachte es die Landschaft 1510 bei Kaiser Max dahin, daß sie besoldet werden durften (freilich passirte der Kaiser statt der beantragten 1000 fl. für 16 Beisitzer nur 600 fl.); jetzt wurden sie immer für ein Jahr bestimmt und in das Schrannenprotokoll eingetragen (ein Vorgang analog dem heutigen Eintragen in die Geschwornenlisten).

Landschrannen-Advokaten gab es zur Zeit Maximilians drei; sie mußten sich vor der Aufnahme in den Verhören Kenntnisse der Landrechte praktisch sammeln. Sie standen bezüglich ihres Verhaltens unter strenger Aufsicht; dem Advokaten, der durch Schmähungen das Maß überschritt, konnte der Vorsitzende auf der Stelle eine Strafe (Verweis, Geldstrafe, ja selbst Arrest) diktiren. — „Ausgesessen" war ein Hofthaiding, wenn alle Prozesse vorgenommen worden waren. Am letzten Tage des Hofthaidings berief der Weisbot die Parteien drei Mal öffentlich zum Gericht zu kommen, und erst, wenn sich niemand mehr meldete, wurde die Sitzung geschlossen. Der Vorsitzende übergab den Gerichtsstab dem Weisboten, der sich damit zur Thüre begab und ausrief: „Hiemit sind die Lands- und Hofrechten ausgesessen und die actiones und Handlungen, so bisher nicht vorgekommen, gefallen." Dann klopfte er mit dem Stab an die Thür, zum Zeichen, daß die Rechte ein Ende haben, daher pflegte man die „Aussitzung" der Rechte auch „Ausklopfung" zu nennen.

Leider bin ich nicht in der Lage über die spezielle Amtswirksamkeit des Landesverwesers Herrn Hans Wilhelm von Grimschitz Details beizubringen, da die ältesten uns erhaltenen Gerichtsbücher nicht bis zum Jahre 1500 zurückreichen; die frühesten im Archive des historischen Vereines für Krain bewahrten Hofthaidinge beginnen mit dem

Jahre 1542, die Landschrannen-Protokolle mit 1572 und die Landhausverhöre gar erst mit 1582. [1])

„My house is my castle.“

Die erwähnte Bestimmung, daß Beschwerden der Unterthanen (Bauern) gegen ihre Obrigkeiten (die Adeligen und deren Pfleger und Amtleute) von der landschaftlichen Stelle (vom Adel) entschieden wurden, daß also der Adel Richter in eigener Sache war, diese Bestimmung war geeignet, im Zusammenhalte mit dem Entbehren der altgewohnten Zupangerichte die Unzufriedenheit unter den slovenischen Bauern reger und immer reger zu machen, dazu kamen die argen Bedrückungen des Bauersmannes in Leistung der Roboten und Abgaben, sowie nicht minder die fortwährenden Aufgebote gegen Türken und Venetianer und dabei der Mangel einer ausgiebigen Hilfe von Seite des Reiches in dieser Richtung, so zwar, daß die Feinde von der Kulpa und vom Karste her im ersten Anprall stets über unbewehrte Orte dahinstürmend das Land rasch überflutheten, und wenn auch dann sofort besiegt und zurückgeworfen, doch Elend und Jammer immer in reicher Fülle hinter sich ließen. All' dieß schürte unter dem Volke das Feuer der Empörung, das lange im Verborgenen fortgeglimmt hatte, immer mehr und plötzlich schlugen die hellen Flammen des Aufruhrs in allen slovenischen Landen hoch empor.

Nach vereinzelten schwächeren Versuchen brach 1515 ein furchtbarer Rachekrieg der „windischen Bauern“ los, [2]) der vom Sommer des genannten Jahres bis in's kommende Jahr 1516 währte; es kam eine Zeit für die Herren, wo,

---

[1]) Mitth. d. hist. V. f. Kr. 1863. p. 13.

[2]) S. meinen Aufsatz: Der große windische Bauernbund von 1515 und 1516. „Grazer Ztg.“ 1863. Nr. 127 ff.

wie einer derselben Freiherr von Lamberg sich ausdrückt, „männiger wär gewesen ein Bauer lieber, dann ein solicher Edelmann, daß er müßte sein der Bauern Unterthan“.[1] Die Quellen über diesen Bauernaufstand nennen uns eine erhebliche Anzahl „gebrochener Burgen“ und „gespießter und geviertheilter Edelleute“ — der Name Grimschitz erscheint darunter nicht; wir sind somit nicht unberechtigt, daraus den Schluß zu folgern, dieses Geschlecht habe in dem Verhältnisse zu seinen Unterthanen eine Stellung eingenommen, daß es selbst solchen Ereignissen ruhig und getrost entgegenblicken, und als dieselben eintraten, von ihnen unberührt bleiben konnte.

Auch die Stürme der „Reformation“ umtosten blos das Haus der Grimschitze, ohne in dessen Inneres einzudringen; wenigstens ist nach gegenwärtigem Stande der Forschung über diese Epoche der Landesgeschichte nicht bekannt, daß ein Herr v. Grimschitz dem katholischen Glauben seiner Väter abgeschworen hätte. Verfasser, sowie der seit Jahren mit der Erforschung der Zustände Krains im Zeitalter der Reformation beschäftigte bekannte Pfarrer Theodor Elze[2] begegneten in ihren betreffenden Excerpten aus der Zeit der Reformation und Gegenreformation diesem Namen bisher nicht.

Ja mitten in dem harten Kampfe, den der glaubensfeurige Bischof Thomas Chrön auf den Kanzeln der Kirchen und in seinen improvisirten Bergpredigten, von seinem Sitze in der Landtagsstube und innerhalb der Schranken der sogenannten „Reformations-Commission“ gegen Adelige, Bürger und

---

[1] Des Herrn von Lamberg Selbstbiographie in deutschen Reimen bei Valvasor I. c. III. (IX.) p. 51.

[2] Herr Elze theilte mir freundlichst mit, daß er über meine bezügliche Anfrage seine zwei bis dreitausend Zettel in dieser Richtung durchgesehen und nichts gefunden habe.

Bauern führte, die der neuen Lehre gefolgt waren, mitten in dem erregten Streite, bei dem protestantische Bücher auf offenem Markte wagenweise verbrannt, protestantische Bethäuser in die Luft gesprengt wurden, während anderseits lutherische Bürger durch die Straßen ziehende katholische Prozessionen mit Hammer und Axt überfielen, protestantisch gesinnte Adelige katholischen Priestern gewaltsam den Eintritt in ihre Patronatskirchen verweigerten und gegen landesfürstlichen Befehl die „Prädikanten" bei sich versteckt hielten, mitten in diesen Tagen des Zwistes und Haders baute Herr Achaz von Grimschitz friedlich den Hof zu „Grimschitz" neu auf. [1]) Es war das derselbe Herr von Grimschitz, der in dritter Ehe eine Engländerin heimführte und legt letzterer Umstand die Vermuthung nahe, daß Herr Achaz dem um jene Zeit bereits begonnenen Geschmacke folgend, auf weiten Reisen außer Landes gewesen, zu deren Antritte ihn wohl die Wirren daheim mitbewogen haben mochten.

Im Palais Auersperg.

Erst nachdem die Ruhe auf kirchlichem Gebiete im Lande wieder eingekehrt war, traten die Herren von Grimschitz auch wieder in den Vordergrund und wir sehen zunächst die jungen Herren von Grimschitz Georg Adam, Hans Jakob und Georg Joseph auf „den Brettern, die die Welt bedeuten", nämlich auf der von den Vätern der Gesellschaft Jesu auch für ihre Zöglinge am Collegium zu Laibach aufgeschlagenen Bühne, die von der krainischen Landschaft als Förderungsmittel der Bildung und Erziehung in liberalster Weise unterstützt wurde und welcher der große Kunstmäcen

----

[1]) Schönleben l. c. — In dieser neuen Gestalt sah Freih. von Valvasor das Haus der Grimschitze, der es in seinem Werke denn auch (III. XI. p. 266) abbildete und beschrieb.

Graf Wolf Engelbert von Auersperg im Prachtsaale des „Fürstenhofes" ihre Stätte angewiesen hatte, mit den Söhnen der hervorragendsten Cavaliere des Landes, gemeinsam auf dem Cothurn einherschreiten. Neben Dramen, deren Stoffe der Bibel und der Legende oder der Geschichte der Römer und Griechen entnommen waren, spielte man da auch patriotische Stücke: von Kaiser Rudolph von Habsburg oder von des „letzten Ritters" wunderbarer Rettung auf der Martinswand oder den Reuegesang der oberösterreichischen Bauern über den Aufstand unter Stefan Fadinger u. s. w. u. s. w. Die fürstlich Auerspergische Hausbibliothek, auf deren reichen Inhalt und hohen Werth Verfasser zuerst im Detail hingewiesen hat,[1] enthält mehr als ein halbes Hundert solcher Dramen oder Dramenskizzen, deren Dichter zumeist nicht genannt sind. Unter den genannten ist auch Johann Ludwig Schönleben und ein P. Anschütz, vielleicht aus demselben Geschlechte stammend, dem später der berühmte Tragöde entsprossen.

Der von dem Landeshauptmanne Wolf Engelbert von Auersperg im italienischen Stile erbaute Palast (in der Herrengasse) war zur Zeit der Mittelpunkt alles socialen Lebens in der Hauptstadt Laibach, und insoferne sich in ihr das des ganzen Landes konzentrirte, von ganz Krain. Was Laibach und Krain damals an hervorragenden Männern, an Künstlern, Gelehrten und Freunden der Kunst und des Wissens zälte, schritt durch den breiten Thorweg des Auerspergischen Hauses. Wie in diesem Musenhofe den Freunden der damals bei uns noch neuen Muse der dramatischen Kunst genügt wurde, habe ich bereits angedeutet; aber auch die Verehrer der Ton-

---

[1] Siehe meinen Aufsatz: Die Fürstl. Carlos Auerspergische Hausbibliothek. Oest. Wochenschrift u. s. w. (Beilage der k. Wiener Zeitung) 1863. II. p. 624 ff.

kunst horchten hier schon italienischen Opernarien zehn Jahre früher, als Paris es im Stande war,[1] die Maler wetteiferten dem edlen Kunstfreunde die Säle und Gänge des Palastes, die reizenden Kioske und Lusthäuser des weitläufigen Gartens mit den schönsten Fresken auszuschmücken. Und während auf der in diesem Garten angebrachten „adeligen Schießstätte" die Cavaliere und die Offiziere der „krainischen Ritterschaft" zur Waffenübung nach der Scheibe schoßen, studirten und forschten der unermüdliche Hausbibliothekar Johann Ludwig Schönleben, der intime Freund Wolf Engelberts und der für Krain unsterbliche Patriot, der oftgenannte Historiograph Freiherr von Valvasor[2] in der kostbaren durch Wolf Engelbert mit Liebe und Sachkenntniß zusammengestellten Büchersammlung!

Doch stören wir nicht die beiden Gelehrten, — wofern sie an dem Tage, den wir meinen, nicht schon das Wogen und Rauschen gestört hat, das seit dem frühesten Morgen von der Straße zu den hohen Fenstern des Büchersaales empordringt. Siehe da! In der That sie schließen die Klappen des Pergamentbandes, den sie eben zur Hand gehabt, — es war vielleicht der alte Theuerdank mit seiner Unzahl von Bildern aus dem vielbewegten Leben Max I. — und sie schreiten die Treppen hinunter, Schönleben im Feierkleide eines Theologie-Doctors, der Freiherr von Valvasor mit blankem Harnisch und mit glänzendem Helme, auf dem die schmucken Federn sich wiegen, blau und gelb, in den Farben der Landschaft. Da stehen schon auf dem neuen Markte die

---

[1] Im Jahre 1660 wurde in Laibach (im Ballhaus) die erste wällische Oper präsentirt. Die philharmonische Gesellschaft in Laibach von Keesbacher. Laibach 1862. p. 8.

[2] Ueber Valvasors Bedeutung und Wirken vergleiche meine biographische Skizze: Valvasor. Graz 1866. (Leuschner und Lubensky.)

„Compagnien der Ritterschaft" und die „Bürgerwehr", um hinauszuziehen auf das freie Feld vor der Stadt Laibach.

Die Erbhuldigung Kaiser Leopold I. in Laibach.

Es war der 7. September des Jahres 1660, als Kaiser Leopold über Kärnten in's Land kam, um auch die Huldigung der Stände von Krain entgegen zu nehmen. Da war auf der Ebene, eine halbe Meile von Laibach in der Richtung gegen Krainburg entfernt, in der Nähe einer Linde ein prächtiges Zelt mit Sammt und Atlas „ausstaffirt", aufgerichtet, wo der Adel und die Ritterschaft den Landesfürsten erwarteten, und der Handkuß geleistet wurde. Pompös war der Einzug, ein selten gesehenes Schauspiel. Den Zug eröffneten kroatische Edelleute mit um die Schultern geworfenen Tigerhäuten, die Leibgarde des Generals an den Grenzen des Herrn Herbard von Auersperg, dann folgte ein krainischer Jüngling, 20 Jahre alt, in kroatischer Kleidung freistehend auf ungesatteltem Pferde, eine fünf Ellen lange Lanze in der Rechten balancirend, der General, türkische Musik, ein Schwarm Reiterei mit Gold und Silber verzierten Pferden, mit stolzen buntscheckigen Tigerhäuten, Lanzen mit seidenen Quasten, „und je barbarischer oder fremder — schreibt Freiherr von Valvasor — dieses Spektakel war anzuschauen, desto mehr raffte es die Augen der Zuseher an sich, zumal der Fremden und Ausländer". Außer dem zahlreichen Gefolge des Kaisers wohnten diesem Festzuge auch der päpstliche Nuntius und der venetianische Botschafter bei — doch übersehen wir Niemanden. Es kommen die Reiterkompagnien der Landschaft, 800 Mann zu Pferde, durchwegs wohl uniformirt und armirt, dann die Hoffouriere, Bereiter, die Handpferde führend, die Trompeter und Heerpauker, die Kammerjunker, die Grafen und Barone, die krainischen

Herrn und Adeligen, der fremde Adel und der Erzherzog. Dem Kaiser voran reiten die Herolde des Reiches und der Länder und der kaiserliche Vice-Marschall Graf Lamberg mit dem gezückten Schwerte, der Kaiser zu Pferd, zur Seite schreiten entblößten Hauptes Hatschiere, ihm unmittelbar folgen die beiden genannten Botschafter, dann Oberst-hofmarschall Graf Portia und Oberststallmeister Graf Dietrich-stein, daran reihen sich Edelknaben, Heerpauker, Hatschiere, Trabanten und die 24 kaiserlichen und erzherzoglichen „Leib-karrossen". Das damals in Krain stationirte Kürassierregi-ment Arizaga acht Kompagnien schließt den Zug. Beim „Vicedomthor" standen 100 Mann der Bürgergarde, 600 andere beim Landhaus. Der Einzug währte zwei Stunden und schloß mit einem Tedeum im Dome zu St. Niklas. Es folgten nun Festlichkeiten auf Festlichkeiten, Stadtbe-leuchtung, Festschießen, Hofjagden, Schiffrennen, Theater bei Auersperg, mehrere kleine Gelage und ein großes Bankett. Letzteres fand am Tage des feierlichen Huldigungsaktes selbst statt. Dieser wurde in der bischöflichen Pfalz, wo der Kaiser das Hoflager aufgeschlagen hatte, am 13. September Vor-mittags vorgenommen. Kaiser Leopold wurde aber von der persönlichen Leistung des Eides (mit entblößtem Haupte und erhobenem Finger) an die Landschaft, wie dieß vordem immer geschehen, gegen einen Reversbrief, daß dieß unbeschadet dem Willen seiner Nachfolger sein solle, entbunden, doch ver-sicherte der Kaiser mündlich „durch hohe und wahre, sonst im Jurament begriffene Worte" die „Rechte und Freiheiten" des Landes zu schützen. Nun leisteten die Landschaft, der Landeshauptmann, die Bischöfe, Prälaten, Erbämter, geheimen Räthe, die „Herrn und Adeligen, sowie die Vertreter der Städte und Märkte", nachdem ihnen der Eid verlesen worden, die Angelobung; und schließlich folgte der Handkuß. Ein Tedeum schloß den Vormittag, Nachmittag gieng man zur

„Huldigungstafel". Zu dieser konnten wegen beschränkter Räumlichkeiten doch nur vor allen die Fremden, dann die Würdenträger des Landes und von dem übrigen einheimischen Adel nur die angesehensten und hervorragendsten Cavaliere beigezogen werden. Solcher Auszeichnung ward unter wenigen Andern, trotzdem, daß er keinerlei Amt oder Würde im Lande bekleidete, Herr Johann Ludwig von Grimschitz theilhaftig, der, nach einer von Valvasor darüber genau geführten Aufzeichnung, an der Tafel des krainischen Erbtruchsessen Johann Georg v. Hohenwart seinen Platz hatte.

Daß genannter Herr von Grimschitz alle die großen Festlichkeiten der Huldigungsfeier mitgemacht, braucht nicht erst eigens hervorgehoben zu werden, denn Valvasor betont es wiederholt, daß dabei der gesammte Adel Krains anwesend war. [1])

Academia Operosorum.

Die Nachwehen des dreißigjährigen Krieges waren nun nahezu ganz verwunden — die krainische Landschaft brauchte ihre Kassen nicht mehr blos zur „Versorgung" der noch immer von ihr versehenen Grenzvertheidigung oder zur „Ausrüstung kaiserlicher Regimenter" „die im Lande geworben" im „Reiche" draußen raufen mußten in Sachen des Kaisers, offen zu halten, sie konnte den klingenden Inhalt ihrer Geldtruhen jetzt auch den friedlichen Interessen der Landescultur, der Pflege von Kunst und Wissenschaft widmen, und um so stärker war jetzt die geistige Strömung im Lande, als mit kurzer Unterbrechung im Zeitalter der Reformation, wo durch die Uebersetzung der Bibel in's Slovenische der Grund zur slovenischen Literatur gelegt worden war, durch nahezu drei

---

[1]) l. c. III. (X.) p. 377. ff.

Jahrhunderte der Kriegslärm von Nah und Fern jede geistige Regung in Krain, dieser Etappe par excellence, übertäubt hatte. Jetzt nicht mehr so strenge gebunden durch die allgemeine Wehrpflicht, in der die krainische Ritterschaft in ihrer Gesammtheit zum Kampfe an den Grenzen gehalten war, war der jüngere Theil des Adels mit einem Male flügge geworden und stürmte, dem Beispiele der Standesgenossen anderer Länder folgend, hinaus in die weite Welt. Unsere jungen Cavaliere giengen auf große Reisen nach Deutschland, Frankreich, England, Spanien, ja selbst über's Meer nach Afrika und Amerika; zunächst aber nach all' den berühmten Stätten der „bella Italia", wo der Geist so vielfache unvergängliche Nahrung findet, wo die Sinne sich öffnen und die herrlichsten Genüsse das Herz erfreuen.

Und namentlich zwei Orte waren es, die als besondere Zielpunkte dieser „italienischen Reisen" bezeichnet werden können — das alte berühmte Bologna, die **alma mater** Bononiensis und Padua, das vielbesuchte.

Von da brachten sie dann die schönsten Jugenderinnerungen und gewichtige Verbindungen für's ganze Leben mit heim, lesen wir ja doch in Stammbüchern aus jenen Tagen, die noch heute da und dort in unsern Schloßarchiven bewahrt werden, Facsimiles und Sinnsprüche mancher deutscher Fürsten, mit denen unsere jungen Edelleute den Worten eines Lehrers gehorcht, mit denen sie im Halbdunkel der alten Bogengänge ihrer Universitätsstadt auf und niedergewandelt, Abenteuer mit schwarzäugigen Donnen und Zweikämpfe mit eifersüchtigen Signoris bestanden hatten.

Aber außer solchen Reminiscenzen trugen die Meisten aus ihnen auch die Lust mit heim in's Vaterland, das Streben in Kunst und Wissen, dessen herrliche Früchte sie im hellsten Glanze italischen Lichtes geschaut, auf heimatlichen Boden zu verpflanzen.

Die Academia gelatorum zu Bologna und die Academia Arcadum zu Rom — sie waren es, mit denen in Verbindung treten zu dürfen, die reichbegabten Söhne unserer Heimat als höchstes Ziel ihres Ehrgeizes ansahen, sie waren es auch, die einem Kreise, von dem Besuche der italischen Hochschulen mit eminenter Bildung heimgekehrter Männer aus der Geburts-, sowie der nun schon mehr und mehr hervortretenden Bürgeraristokratie als Ideale eines ähnlichen am Herde der Penaten zu gründenden Instituts lange hin vorgeschwebt!

Plötzlich zündete solcher Gedanke! — An älteren Gesinnungsgenossen fanden die jugendlichen Feuergeister freundliches Entgegenkommen und Theilnahme bei ihrem Beginnen, anderseits Maß und Richtung bei Verwirklichung des schönen Werkes. Der gelehrte Domprobst Johann Prešern[1]) voran, dann der oft genannte Schönleben, und der emsige Archäologe Johann Georg Dolničar von Thalberg,[2]) dessen Oheim, Domdechant und Dombaumeister Johann Anton Dolničar von Thalberg,[3]) der Jünger Aesculaps Max Gerbec,[4]) der große Musikfreund Berthold von Höffern,[5]) der juristische Schriftsteller und Landschaftssecretär Johann Da-

---

[1]) Derselbe war vielvermögend beim damaligen Laibacher Bischofe Christoph Graf Herberstein, mit welchem er, sobald der Bischof auf längere Zeit von Laibach abwesend war, in intimen Briefwechsel stand. Die Correspondenzen werden im Domcapitel-Archiv in Laibach bewahrt.

[2]) Siehe meinen Aufsatz: Eine krainische Gelehrtenfamilie. Blätter aus Krain l. c.

[3]) Siehe meinen Aufsatz: Eine krainische Gelehrtenfamilie. Blätter aus Krain l. c.

[4]) Er war auch Mitglied der k. Leopoldinischen Akademie Naturae Curiosorum. — Siehe meinen Aufsatz: Die krainische Landschaft und das Sanitätswesen in Krain. Blätter aus Krain, 1864. Nr. 24. p. 95.

[5]) Siehe die phil. Ges. in Laibach l. c. p. 9.

niel von Erberg[1]) und der geistreiche Kunstmäcen Georg
Adam von Grimschitz — sie begründeten nach dem
Muster der italienischen gelehrten Gesellschaften am Ausgange
des XVII. Jahrhunderts eine Akademie der Wissenschaften und freien Künste unter dem bescheidenen Titel
einer Academia Operosorum [2]) (der Thätigen oder Fleißigen)
und wählten diesem Namen entsprechend als Symbol: die
Biene!

Acht Jahre (von 1693, dem Todesjahre Valvasors an)
hatten die Gründer an der Realisirung ihres Planes im
Stillen gearbeitet, erst im Jahre 1701 trat die Akademie als
solche offen auf, hielt ihre feierliche Versammlung im alten Land-
tagssaale [3]) und machte ihre Statuten bekannt. Dieselben
umfaßten neun Sätze. Punkt IV projektirte die Herausgabe
einer Art Realencyklopädie unter dem Titel: Gelehrte
Abhandlungen der Gesellschaft der Operosen in theologischen,
juridischen, medicinischen, politischen u. a. Fächern; Punkt VI
verpflichtete jeden Akademiker irgend ein Werk, das
seinem Berufe und Talente nahe liegt, nach vorgenommener
Revision durch die akademischen Censoren herauszugeben;
Punkt IX ordnete jährlich vier Privatzusammenkünfte und
eine öffentliche feierliche Jahresversammlung
an, zu welch letzterer „die Honoratioren und der Adel der
Provinz und andere Liebhaber der Wissenschaft eingeladen
und bei welchem Anlasse akademische Reden gehalten
und gelehrte Abhandlungen vorgetragen werden sollten." Diese

---

[1]) P. Marci (Pochlin) Bibliotheca Carnioliae — ein vorzüg-
liches Quellenwerk — herausgegeben über Antrag des Dr. E. H. Costa
vom hist. Ver. f. Krain 1862. p. 18.

[2]) Eine ausführliche Schilderung dieser gelehrten Gesellschaft gab
Dr. E. H. Costa in den Mitth. d. hist. Ver. f. Krain. Juniheft 1861.

[3]) Die Akademie ward aus dem landschaftlichen Fonde dotirt.
Vgl. m. Auff.: Die krain. Landsch. u. s. w. a. a. O.

eben citirten drei Satzungen berechtigen uns wol die Akademie der Operosen als eine „Akademie der Wissenschaften"
schlechtweg zu bezeichnen. Punkt VI und Punkt IX sehen
wir auch in der Zeit des Bestandes (1701—1725) erfüllt,
es wurden die genannten Versammlungen gehalten und Mitglieder der Akademie edirten Werke: so Dolničar, Gerbec,
Gladič u. m. a.; Punkt IV die Herausgabe von Akademie-
schriften unterblieb.

Die Akademie gieng aber auch in ihrer Förderung von
Kunst und Wissen aus der engen Studierstube auf den
„Markt des Lebens" hinaus, und hatte sie schon in Punkt VIII
ihrer Satzungen die Gründung einer öffentlichen
Bibliothek (der heutigen Laibacher Seminarsbibliothek)
als ihre Aufgabe festgestellt, die sie auch sofort erfüllte, so
schritt sie auf dem Wege der Gründungen noch weiter fort.
Sie begründete, bezügliche Vorschläge eines und des andern ihrer
Mitglieder würdigend, eine „Academia Philharmonicorum"
die heute noch bestehende philharmonische Gesellschaft, (1702) eine Schule für dramatische Kunst, womit
auch ein Cours für Gymnastik verbunden war, eine Zeichen-
akademie, eine Akademie der ritterlichen Exer-
citien (des Reitens und Fechtens) und schließlich, was von
unschätzbarem Werthe war, ein Collegium der Juristen
und Rechtsfreunde, welches Collegium sodann (1710)
juridische Vorlesungen an der bereits (1703) errich-
teten philosophischen Facultät in Laibach begann, somit die
Errichtung einer Universität vorbereitete, — die jedoch
wahrscheinlich wegen Mangels einer hinreichenden Dotation
nicht definitiv begründet werden konnte.

Außer der genannten schon so mannigfachen Anregung
ließ es sich die Akademie der Operosen angelegen sein, die
zahlreichen römischen Denkmale in Laibach, dem alten
„Emona", und im Lande rings umher aufzuzeichnen und zu

conserviren. Sie war es ferner, welche die Stadt Laibach mit hervorragenden neuen Monumentalbauten verschönerte. Der Dom zu St. Nikolaus mit seinen farbenfrischen lebendigen Fresken von Quaglio's Pinsel, das Priesterhaus — als „Collegium Carolinum Nobilium" gegründet — die Ursuliner- und Peterskirche und das schöne stattliche Rathhaus, alles ist ihr Werk.

Und an all diesen Schöpfungen hat wieder Herr Georg Adam von Grimschitz[1]) den rühmlichsten Antheil genommen; hat ja der gewissenhafte Dolničar in seinen Aufzeichnungen getreulich die Namen derjenigen verewigt, die in der einen und andern Richtung sich an den Gründungen und Stiftungen der Akademie in erster Linie betheiligt haben.[2]) So darf es uns nicht Wunder nehmen, daß dieser Cavalier, der so viel für den Aufschwung des künstlerischen und wissenschaftlichen Lebens der Heimat wirkte, die Aufmerksamkeit auch außer dem Lande befindlicher Kreise auf sich lenkte und daß auch der Höchste „im Reiche", selbst ein Freund der Künste und Wissenschaften, daß Kaiser Leopold I. des Herrn Georg Adam von Grimschitz Streben in vollstem Umfange würdigte. Schon in dem Jahre, als die „Academia Operosorum" aus ihrer Verborgenheit an den hellen Tag trat, begnadete der Kaiser Leopold (ddo Eberstorff 1. Oktober 1701) die Brüder Georg Carl und Georg Adam, Herren von und zu Grimschitz auf

---

[1]) Eine Biographie dieses Herrn von Grimschitz fand Freiherr von Erberg (1825) in einer Handschrift der Laibacher Seminarsbibliothek von J. Mengini (Menken?) Catalogus virorum illustrium in Carniolia . . . 1715. Diese Handschrift ist nach einer soeben an mich gelangten freundlichen Mittheilung des hochw. Herrn Dr. Theol. Heinrich Pauker von Glanfeld, Professor und Bibliothekar am f. b. Priesterseminar in der genannten Bibliothek dermalen nicht mehr vorfindlich.

[2]) Brouillons von Dolničar's Hand. (Mss. d. Seminarsbibl.)

„Schönstein, Wartendorff und Pöllenstein" (Söhne des Hans Ludwig von Grimschitz) mit der

Erhebung in den Freiherrnstand

sammt dem Prädikate oder Titel: „Wohlgeboren". — In dem hierüber ausgestellten Adelsbriefe[1]) wird auf die hohen Verdienste der beiden genannten Herren und ihrer Vorfahren hingewiesen, wobei diejenigen, die wir in öffentlichen Aemtern und Diensten gesehen, namentlich angeführt werden; auch wird darin das Alter und das Ansehen der Familie, sowie ihre Verwandtschaft mit so vielen hochadeligen Geschlechtern besonders hervorgehoben, und weiters der Umstand betont, „daß die von Grimbschitz hievor schon in solchem Ansehen waren, daß sich Theils derselben bereits längsthin des Herren Titels gebraucht, sogestalt geschrieben und genannt haben".

Der Schluß des kaiserlichen Gnadenbriefes spricht die Hoffnung aus, daß auch diese beiden „Herren" „die altbewährte Treue und Devotion" ihres Hauses gegen die kaiserliche Majestät und das durchlauchtigste Erzhaus erweisen und leisten werden.

Nicht lange währte es und Herr Georg Adam Freiherr von Grimschitz kam mit dem gesammten Adel der krainischen Landschaft, wie dieser im Landtage des Herzogthums Krain vertreten war, in die Lage, die Loyalität und Hingebung an die Dynastie durch einen Akt von weltgeschichtlicher Bedeutung auf das Glänzendste zu manifestiren.

Die pragmatische Sanktion,

mit welcher Kaiser Karl VI. seiner Tochter der großen Kaiserin Maria Theresia die Erbfolge in seinen Landen

---

[1]) K. k. Adelsarchiv im Ministerium des Innern.

sicherte, wurde, wie den andern Königreichen und Ländern auch der krainischen Landschaft unterm 30. April 1720 zur „Annahme, Erkenntniß und Publizirung" vorgelegt.

Die betreffende von Graz aus intimirte kaiserliche Botschaft wurde am 19. Juni 1720 in öffentlicher sehr zahlreich besuchter Sitzung des krainischen Landtages (derselbe zählte 65 Mitglieder)[1] vorgelesen und es wurde beschlossen, eine Adresse[2] an den Kaiser zu richten, was auch am selben Tage geschah.

Diese Antwort der „Ehrsamen Landschaft in Krain" an Seine Majestät Kaiser Karl VI. enthält einige hochwichtige Gedanken und Ausführungen.

Die Mitglieder der krainischen Landschaft anerkennen die hohe Bedeutung und den Nutzen der Successionsordnung für das Wohl und die Sicherheit der „untergebenen Königreiche und Länder", für ihre „Vereinigung und Zusammenbehaltung", sie anerkennen ferner, daß dieselbe ihnen und ihren Nachkommen zum Besten gereicht und nicht nur allein, weil dieselbe — wie sie ausdrücklich sagen — in der Gott gefälligen Gerechtigkeit und höchster Billigkeit gegründet, sondern auch hauptsächlich auf das Heil aller dero treu gehorsamsten Unterthanen und Vasallen auch allgemeinen Tranquilität von Europa allerpreiswürdigst abgesehen, ansonsten auch (und darauf legen sie das Schwergewicht) der, von dero Allerdurchlauchtigsten Erzhaus Oesterreich diesem Herzogthume Krain vor vielen hundert Jahren allergnädigst ertheilten Landesfreiheit und Landhandfeste Fol. 5, §. 6 verbis: „Wir setzen auch, daß die Töchter ihrer Väter Erbgut

***

besitzen, ob, (wann) Sy der Söhn nicht haben", durchaus
konform ist!

Weil die beabsichtigte Successionsordnung mit dem
Landrechte durchaus konform sei, „daher, sagte die Landschaft
weiters, wolle sie dieselbe, sowie die „fürgesehene unzertrenn-
liche Beisammenhaltung" der Königreiche und Länder als
eine von Gott eingegebene allerweiseste Anordnung, womit
nicht allein Land und Leute allerklugist regiert und allen
innern Spaltungen vorgebogen, sondern auch denen fremden
und ausländischrn Invasionen und Anfechtungen mit best-
möglichster Macht gesteuert wird, mit einhelliger Stimme
und freimüthigster Beipflichtung angenommen wissen; sie
werde ferner dieses Gesetz immerwährend unverbrüchlich
und fest halten, auch standhaft mit „Darstrekung der
äußersten Kräfte" und „Aussetzung Guts und Bluts" ver-
theidigen, wie nicht minder hiemit ihre Descedenten und
Nachkömmlinge, auf das „verbindlichste obligirt und verbunden
sind", sie zu halten".

Schließlich bittet aber die Landschaft den Kaiser, er
geruhe sie vermöge des von Ferdinand II. aufgerichteten Te-
stamentes §. 9, „bei denen von dero glorwürdigsten Vorfahren
diesem treugehorsamsten Herzogthum Krain allermildreichst
ertheilten Freiheiten, Gnaden, Gaben, auch Recht und Gerechtigkeit noch ferner allergnädigst beharren zu lassen".

Diese Adresse haben alle im Landtage anwesenden
Mitglieder — den Landeshauptmann Grafen Johann Caspar
von Cobenzl an der Spitze — unterschrieben. Aus den
vielen Namen von Repräsentanten der noch lebenden und
der bereits erloschenen Familien, die wir da lesen, leuchtet
uns auch der Name Georg Adam Freiherr von Grimschitz entgegen.

Nachdem alle Landtage Oesterreichs in Bezug auf die
„proponirte Successionsordnung" „abgehört" worden, wurde

die betreffende „Resolution" der kaiserlichen Regierung für
Innerösterreich über die Thron- und Erbfolge abgefaßt und
datirt dieselbe Graz, 7. Februar 1726. Diese „Resolution",
welche die Mittheilung der Allerhöchsten Sanction enthielt,
gelangte dann binnen Kurzem an die krainische Landschaft
und wurde im Landtage zu Laibach am 16. März 1726
„abgehört".

Von diesem Zeitpunkte an zog sich die Familie Grimschitz wieder mehr und mehr vom öffentlichen Leben zurück,
und — freilich wol mag ich dieß mit Rücksicht auf die
Eingangs erwähnte Beschränktheit meiner Quellen nicht apo-
dictisch hinstellen — begegnen wir bis zum Ausgange des
XVIII. Jahrhunderts den Freiherrn von Grimschitz n u r bei
den festlichen Auffahrten zu den Landtags-Sessionen, deren
in der Regel sehr kurze Dauer ihnen immer eine rasche Rückkehr in ihr Haus im romantischen Oberlande gestattete.

An den Tagen solch' officieller Anwesenheit in der
Hauptstadt mag wol gewöhnlich die Pförtnerin des Klosters
der Clarisserinnen der Schwester Josefa den Besuch
ihrer Verwandten gemeldet haben; es weist uns nämlich die
Liste der nach der Aufhebung des genannten Klosters in
Laibach noch 1790 anwesenden Nonnen dieses Ordens auch
eine Josefa Freiin von Grimschitz. [1]

Um diese letztere Zeit finden wir aber neuerdings einen
Freiherrn von Grimschitz im Staatsdienste. Es ist der
k. k. Kreiskommissär Johann Nep. Freih. von Grimschitz.

„Diana die Jägerin."

„Es ist bekannt," schreibt Franz von Kobell, [2] „daß
sich in älterer und neuerer Zeit nicht nur Männer mit der

---

[1] R. Schrei Mitth. d. h. V. f. Kr. 1860. p. 60.

[2] Jagdhistorisches über Raubwild von Fr. v. Kobell. Braun-
schweig, Vieweg 1858. p. 187.

Jagd beschäftigten, sondern auch Frauen und Jungfrauen,
und die Zwillingsschwester des Apollo, die bogenführende
Diana ist von St. Hubertus nicht so ganz aus der hohen
Stellung verdrängt worden, die ihr schon die alten Griechen
eingeräumt haben!"

Die „adelige Jagdgesellschaft", die sich um 1790 in
Laibach constituirte, bestand ebenfalls aus „Damen" und
„Herren" und wählte den Namen: Diana die Jägerin.[1])

Sie zählte an hundert Mitglieder. Großmeister waren:
Seine Majestät Ferdinand von Bourbon, König
beider Sicilien[2]) und Ihre Majestät Maria Carolina,
Königin beider Sicilien, Erzherzogin von Oesterreich; als
„deputirter" Großmeister fungirte Johann Adam Fürst von
Auersperg; oberster Vorsteher der Gesellschaft war Anton,
Graf von Khevenhüller, n. ö. Landmarschall, und als
dessen „deputirter" Vorsteher leitete Vincenz Graf Thurn,
k. k. Kämmerer, die Geschäfte an Ort und Stelle. Als Mitglieder finden wir eine Reihe der hervorragendsten Namen
der österreichischen (Schwarzenberg, Trautmannsdorff, Falken-
hahn) und inneösterreichischen Aristokratie, aus Steiermark,
Kärnten, Krain und Küstenland; aber auch Magnaten ersten
Ranges aus Croatien und Ungarn gehörten diesem „Clubb"
an und da begegnen wir u. A. den Namen Barkozy, Er-
döby, Nadasdy, Keglević, Kulmer, Orsić, Ser-
mage, Szörenyi, Voikfy. Unter den Sportgenossen
aus Krain speziell erscheint auch ein Herr von Grimschitz, und zwar der bereits genannte Johann Nepo-

---

[1]) S. meine Geschichte der Laibacher Schützengesellschaft. Laibach
1862 p. 3. f.

[2]) Im Jahre 1790 verweilte der König auf der Durchreise in
Laibach und besuchte die Schießstätte, wo noch heute eine Bestscheibe
an seine Anwesenheit erinnert; die Schlußverse auf derselben lauten:
<blockquote>Er bezeigte seine Zufriedenheit
Dieses rührte Schützen und alle Leut'.</blockquote>

muk Freiherr von Grimschitz, der in seiner Stellung als k. k. Kreiskommissär zu Laibach in der Hauptstadt sein Domicil aufgeschlagen, und unter dem Jahre 1800 als Besitzer des Hauses Nr. 331 in der Selendergasse [1]) im Verzeichnisse der Hausinhaber von Laibach [2]) eingetragen erscheint.

Dieser Vereinigung von Cavalieren aus Oesterreich-Ungarn, — deren officiöses Zeichen: die Jagd war — mag vielleicht ein politischer Charakter nicht mit Unrecht beigelegt werden, wenn man in's Auge faßt, daß eben nach der Thronbesteigung Kaiser Leopold II. in Ungarn die avitische Verfassung wieder hergestellt wurde, und daß die Landschaft von Krain, deren erste Würdenträger und Functionäre sich zu „Diana der Jägerin" bekannten, in derselben Zeit ein allerunterthänigstes Promemoria an den Kaiser richteten und denselben in weitläufiger historisch-begründeter Darlegung um die Wiederherstellung der „alten Rechte und Freiheiten des Herzogthums Krain" baten. [3])

Wie für die anderen Länder der österreichischen Monarchie erfolgte bekanntlich auch für Krain eine Rückkehr zu dem alten vorjosefinischen Sisteme, und wurden manche in der genannten Petition angebrachte Wünsche erfüllt. Vor allem waren es die Wissenschaften, deren Pflege jetzt in Krain von Staatswegen noch viel ernsthafter betrieben wurde als unter Maria Theresia und Josef II. Die eine Zeit aufgehoben gewesene philosophische Facultät ward resuscitirt und in dem Studienconsesse -- dem akademischen Consisto-

---

[1]) So benannt von den unter Maria Theresia nach Laibach zur Austrocknung des Morastes berufenen Holländern (Seeländern), die in diesem Gäßchen (hinter dem Landhause) ihre Wohnung genommen hatten.

[2]) In der Bibliothek des hist. V. f. Kr.

[3]) Ausführlich und mit zahlreichen Anmerkungen versehen hat Dr. E. H. Costa diese „Allerunterthänigste Vorstellung u. s. w." behandelt in den Mitth. d. h. V. f. Kr. 1859 April-, Mai- u. Junihest.

rium — eine eigene Unterrichtsbehörde (heute würden wir
sagen Landesschulrath) eingesetzt. Ein unvergängliches Verdienst um den Fortschritt der Wissenschaften und die Bildung
in Krain hat sich aber Kaiser Leopold II. durch die Errichtung einer großen öffentlichen Bibliothek in
Laibach, der heutigen Studienbibliothek [1] erworben, wo-
durch ebenfalls einem in der Herren Stände Memorandum
dringend ausgesprochenen Wunsche von Allerhöchster Seite
entsprochen wurde.

Auch die nationale Literatur nahm von diesen Tagen
an einen mächtigen Aufschwung, und das slovenische Volk
konnte sich jetzt neben mannigfachen wissenschaftlichen Pro-
duktionen [2] an den ersten Blüten nationaler Kunstdichtung, vor
allem an den zarten Poesien seines ersten Sängers Bodnik [3]
erfreuen.

Doch nicht lange war es diesem Sänger gegönnt von
den Herrlichkeiten unserer vielgefeierten Natur zu singen und
die Schönheiten des Vaterlandes zu preisen; die Kriegstrom-
pete schmetterte ihre schrillen Allarmrufe schon wieder in
unsere Berge, durch unsere Thäler und vom „Veršac" herab
mußte der Sänger seines Volkes steigen und mußte „Wehr-
mannslieder" zu Recht machen für die Söhne Krains, die
in's Feld zogen gegen die Heere Frankreichs.

---

[1] Vergl. meinen Aufsatz: Die k. k. Studienbibliothek in Laibach. Oest. Wochensch. (Beil. d. k. „Wiener Zeitung") 1864. Bd. III.
p. 681 ff., 720 ff., 746 ff.

[2] Vergl. Paul Jos. Šafařiks umfassende gründliche Geschichte
der südslavischen Literatur. Aus dessen handschriftlichem Nachlasse herausgegeben von Sr. Excell. dem gegenwärtigen Herrn Cultus- und
Unterrichtsminister Josef Jireček I. Slowenisches und Glagolitisches
Schriftthum (XVIII. Jahrh.) p. 21. ff.

[3] Vergl. über ihn das Bodnik-Album. Herausgegeben von
Dr. E. H. Costa. Laibach 1859.

Bekannt ist es, daß die Franzosen 1797 auf nur kurze Zeit Inneröfterreich, 1809 aber auf länger das Königreich Illyrien, beziehungsweife Krain, befetzten. Aus diefer zweiten Invafion ergab fich eine förmliche Abtretung und die franzöfifche Zwifchenherrfchaft in Illyrien (1809—1813).

Während diefer Epoche wird der Name Grimfchitz — außer in den Regierungsakten, da Johann Nepomuk von Grimfchitz als k. k. Kreiskommiffär Mitglied der öfterreichifchen Regierung war, mit der die neue franzöfifche in Folge Vereinbarung in Verbindung trat — weder in einer prononcirt feindlichen noch freundlichen Beziehung zu dem fremden Regime genannt.

Im Jahre 1813 gieng diefe Zwifchenherrfchaft wieder zu Ende. Den ganzen September über fanden bereits heftige und zumeift fiegreiche Kämpfe der Oefterreicher gegen die Franzofen in allen Theilen von Krain ftatt, und vierzehn Tage vor der Völkerfchlacht bei Leipzig — am 4. Oktober — wurde fchon das Namensfeft Kaifer Franz I. wieder in Laibach gefeiert, wo durch vier Jahre die franzöfifchen General-Gouverneure mit allem Pompe das Napoleonfeft feiern ließen. Nach der Siegeskunde von Leipzig kapitulirte Trieft und Illyrien war wieder öfterreichifches Land.

Schlußwort.

Als die illyrifchen Deputirten 1816 ihre Wünfche zur Vermälung ihres angeftammten Monarchen am Throne darbrachten, da geruhte Kaifer Franz an diefelben nachftehende Worte zu richten: „Ich fehe die Küftenlande als einen der wichtigeren Theile meines Reiches an, und werde denfelben ftets eine ganz eigene Aufmerkfamkeit widmen. Sie find berufen, durch ihre Lage und durch die Betriebfamkeit ihrer Bewohner den ganzen Staat im offenen Verkehr mit der Welt zu erhalten, den inneren Wohlftand der Gefammtheit zu beleben und durch ihren eigenen jenen ihrer Mitbürger zu vermehren."[1]

In diesen Küstenlanden wirkten nun in höheren Staats-bedienstungen die beiden Söhne des 1822 verstorbenen Johann Nepomuk Freiherrn von Grimschitz.

Friedrich Freiherr von Grimschitz (geb. 16. Okt. 1793) war k. k. Gubernialrath und Kreishauptmann, später Hofrath und Kreisvorsteher von Istrien; er starb als jub. Hofrath 1862 und hinterließ eine Witwe, Josephine geb. Edle von Verneda (aus Fiume).

Johann Freiherr von Grimschitz, (geb. 24. Juni 1796), war gleichfalls im politischen Dienste thätig und lebt als jub. k. k. Statthaltereirath in Laibach; dessen Gemalin Christine stammt aus dem Geschlechte der Herren von Canal. Die erstgeborne Tochter Friederike ist seit 1862 vermält mit Hyacinth Grafen von Thurn-Valsassina, Mitgliede des krainischen Landtages, die zweitgeborne Natalie Freiin von Grimschitz vermält sich, wie dieß das erste Blatt dieser Schrift schon ankündigt, in den nächsten Tagen mit Herrn Leopold Schulz von Straßnitzki, k. k. Ministerial-Sekretär im k. k. Ministerium für Cultus und Unterricht.

---

[1] (Vodnik) Gesch. v. Krain. p. 81.

Druck von Ludwig Mayer in Wien.